KB133640

# 할머니 불씨

할머니의 화로불씨
꺼뜨려서는 안 되느니라
자주 쑤석거리면
불씨가 스러지고 말아
되살리기 어려우니
정성으로 다독여야 하느니라.

스러져 가던 불씨가
할머니 정성으로 되 살아 나면
식구들 화롯가에 모여 앉아

솔깃하게 듣곤 했던 옛이야기

젊은 시절엔
새색시 가슴은 불씨 꺼진 재였느
니라
노총각에 시집와서
어렵게 얻은 자식
가슴에 묻어야 했던 정한이
할머니의 한숨이라서
꺼뜨리지 않는
불씨와 함께 살았느니라.

# 도시의 끝

도시의 끝에
가난이 물러가면서
현대로 탈바꿈하는 시골

산모롱이마다
시원하게 길이 열리고
쓰러져 가던 옛집들이
새로운 모습으로 변하면서
미풍양속도 인정도 변해간다.

담 밑에 옹기종기 모여 있는

어머니의 분신들
손끝에서 윤끼 흐르던 달 항아리
그 안에서 된장 간장 고추장이
햇살에 구수한 내음을 풍기며
맛깔스레 익어 갔지.

지금은 빈 항아리마다 그리움에
푸른 달빛만 싸이고
금 가다 깨어져 사금파리 신세로
서러운 눈물 하얗게 배어나고 있다.

# 시 항아리

작은 키 불룩한 배
광화문 이층 역
시 항아리가
메마른 영혼 향해 손짓하네요.

맑아진 정신
하늘처럼 청결하라고

항아리에 수정 같은
시어를 가득 담고 기다립니다.

시가 무엇인지 원하는
사람만 가져 가세요
이슬 같은 시어와
아름다운 인생을 위하여.

# 빈집

오랜만에 시골에 왔다.

풀만 무성한 텃밭에
망초 꽃이 군락을 이루었다.

벌들이 윙윙윙
집안엔 갑자기 생기가 넘친다.

집안은 온종일

꽃바람이 풋풋해도
사람은 그림자도 없다.

뜰엔 풋사과 향기로 차 있어도
벅적거리던 시골집엔
사람의 그림지도 없다.

인걸은 간 곳 없다더니
잡풀만 무성하게 집안을 채웠네.

# 조가비

철석 거리는 파도가
안개에 묻혀
모래톱을 훑는다.

패각이 부서지도록
실랑이하던
파도가 가고 나면

빈 조가비는 바람의 노래
떠난 이를 그리워한다.

모든 것 다 내어주고
그리움도 실어 보내고

언제까지나 돌아앉아
바닷소리를 그리워하는
빈 조가비여.

# 자운영

머리에 귀에 손가락에
앙징스레 피어나
소녀의 마음을 닮아가는 꽃

꽃시계 꽃반지에
손목이 반짝이던 꽃

도회에서 몇 십 년
들녘의 배인 정서 못 잊어
뼛속 깊이 살아나는 향수

김이 오른 찻잔에
참새들 날개 파닥이는 소리
조잘대는 소녀들 꿈이 영그는 소리
그 시절 속으로 달려간다.

# 소박한 바람

봄날 같은
부드러운 시를 쓰고 싶다.

누가 읽어도 절로 미소하는
모든 사람이 좋아하는 시

어렵지 않으면서도
마음이 편안해지는 시

머리를 짜내는 시가 아니라

물 흐르듯 흘러가는 그런 시
시인다운 시인의 시를 읽노라면
쉬운 것 같으면서도 철학이 있는 시

유유자적하면서도
깊이 있는 그런 시를 쓰고 싶다.

얼마마한 지혜를 지녀야
사람들 가슴을 뒤흔들 수 있을까.

# 아내의 바다

파도 같은 아내가 출렁거릴 때도
바다 같은 남편은 고요하기만 했다.

공기의 맛을 모르듯이
공기에 값을 매길 수 없듯이
남편은 그저 덤덤하기만 한데,
파도가 바다 없이는 살지 못한다.

파도가 방파제에서 부서지며

아우성을 치고 울어도
바다의 품은 너무도 너그러워
파도가 바다 품에서 되살아난다.

파도는 가슴이 아려도
약속을 어기면서 화를 내어도
바다는 언제나, 언제까지나
인생은 기다리며 사는 거라고
언제나 파도를 감싸고돌았다.

문학사계시인선 - 55

# 푸른 시인의 불씨

**오남희** 시집

# 머리말

　오랜 신고 끝에 네 번째 시집을 간행하게 되었습니다. 시간이 흐를수록 시 쓰기가 점점 어려워지는 것 같습니다. 시가 내 삶의 전부임을 일깨워줍니다.

　시가 없었다면 삶이 얼마나 무의미할까 하고 생각해 봅니다. 최선을 다하여 시를 생산했지만, 가랑잎 날리듯이 허전합니다.

　아버지께서 책을 주실 때마다 독서를 게을리하지 말라고 하시면서 시 창작을 기특하게 여기셨습니다. 이 시집을 상재하는 차제에 영계에서 기뻐하시리라 여겨집니다.

　그동안 도와주신 교수님들께 심심한 사의를 표합니다. 언제나 편하게 지켜 봐준 그이에게 감사하고, 두 아이에게도 고마움을 전하고자 합니다.


2023년 새해 벽두에
오패산 자락에서 **오남희** 적음

# 차 례

## 제2부 개구리 소리

## 제3부 그리운 별 하나

## 제4부 빛바랜 사진

## 제5부 하늘의 선물

## ▎작품 해설 ▎

# 제1부
# 도시의 끝

# 푸른 시인

세월의 징검다리 건너오다가
주름진 얼굴들
피아노 건반처럼 톡톡 튀더니
비에 젖은 장미꽃이 되었네.

사는 동안에
지문 한 올씩 지워져
바람에 등 떠밀린 갈대숲
절제에 성글어 흰머리만 남았네.

하나둘 빠져나가는 세포
주어진 운명의 먼 여행길
잠시 쉬어가는 간이역에서

늙는 게 아니라 익어가는 거라고
어느 시인은 말했지
별을 노래하며 시의 행간을
더듬는 우리는 푸른 시인이라고.

# 할머니 불씨

할머니의 화로불씨
꺼뜨려서는 안 되느니라
자주 쑤석거리면
불씨가 스러지고 말아
되살리기 어려우니
정성으로 다독여야 하느니라.

스러져 가던 불씨가
할머니 정성으로 되 살아 나면
식구들 화롯가에 모여 앉아
솔깃하게 듣곤 했던 옛이야기

젊은 시절엔
새색시 가슴은 불씨 꺼진 재였느니라
노총각에 시집와서
어렵게 얻은 자식
가슴에 묻어야 했던 정한이
할머니의 한숨이라서
꺼뜨리지 않는
불씨와 함께 살았느니라.

# 조가비

철석거리는 파도가
안개에 묻혀
모래톱을 훑는다.

패각이 부서지도록
실랑이하던
파도가 가고 나면

빈 조가비는 바람의 노래
떠난 이를 그리워한다.

모든 것 다 내어주고
그리움도 실어 보내고

언제까지나 돌아앉아
바닷소리를 그리워하는
빈 조가비여.

# 낮달

오늘따라 반달이 애처롭다.
일찍이 세상을 떠난 친구인지
슬프게 걸려서
애처롭게 내려보고 있다.

먼 길 가는 데에는
아무도 위로가 되지 못한다.

지상엔 화려한 불빛이
손짓하지만
홀로 가는 나그네는 외롭다.

하늘은 거룩해도
이승만은 못하다고
그 자리 그대로 서성이고 있다.

# 도시의 끝

도시의 끝에
가난이 물러가면서
현대로 탈바꿈하는 시골

산모롱이마다
시원하게 길이 열리고
쓰러져 가던 옛집들이
새로운 모습으로 변하면서
미풍양속도 인정도 변해간다.

담 밑에 옹기종기 모여 있는
어머니의 분신들
손끝에서 윤기 흐르던 달 항아리
그 안에서 된장 간장 고추장이
햇살에 구수한 내음을 풍기며
맛깔스레 익어 갔지.

지금은 빈 항아리마다 그리움에
푸른 달빛만 싸이고
금 가다 깨어져 사금파리 신세로
서러운 눈물 하얗게 배어나고 있다.

# 해녀의 바다

시간을 등에 진 고뇌는
밀물처럼 오고
자신감으로 다져진 의지는
깊은 바다로 뛰어들게 한다.

일생 닦은
긍지와 자존감도
세월이 가면
얕은 바다 물질로 퇴락한다.

선두주자 한마디에
일사분란하게 움직이던
젊음은 빈 강정 같이 가벼워져서

목숨 걸고 해면 바닥을
쓸어 담던 항로
멍게 전복 해삼 문어
꿈같은 바다가
저만치 멀어져 간다.

# 자운영 꽃 1

머리에 귀에 손가락에
앙징스레 피어나
소녀의 마음을 닮아가는 꽃

꽃시계 꽃반지에
손목이 반짝이던 꽃

도회에서 살아도
들녘의 꽃불이 가슴에 배어
뼛속 깊이 사무치는 향수

김이 오른 찻잔에
참새들 날개 파닥이는 소리
조잘대는 소녀들 꿈이 영그는 소리
그 시절 속으로 달려간다.

# 자운영 꽃 2

우아하고 아름다운 찻잔
자운영 꽃술이 새겨진 찻잔이 정겹다.

들숨과 날숨 토해내는
애틋한 그리움을 마신다.

꽃시계 꽃반지가 정겨웠던
옛 시간 속에 잠긴다.

벌 나비와 하나 되어
철없이 뛰놀며 깔깔대던 시절

명함사진보다 더 작은 사진을
인화해서 즐거움을 주던

사진사 아저씨까지도 그리워
그 꽃시절을 꿈꾸는 청춘의 할머니
보랏빛 황혼의 애상이 서글프다.

# 자운영 꽃 3

내 고향 정서가 담긴
자운영 새겨진 찻잔
곱게 말린 국화 몇 송이
뜨거운 물에서 노랗고 빨갛게
지난 삶을 우려내고 있다.

가녀린 분홍색 꽃망울로
고향 들녘을 꽉 채우던
바람에 거듭나던 녹비용 보라 꽃
가지 오이 고추 깻잎
뚝 따서 입에 넣으면 달달한 맛

고향 숲에서 공수해온 듯
산 까치 산새소리가 차향기와
어우러져 가슴 알싸한 추억
첫 사랑의 그리움처럼 아리다.

# 시 항아리

작은 키 불룩한 배
광화문 이층 역
시 항아리가
메마른 영혼 향해 손짓하네요.

맑아진 정신
하늘처럼 청결하라고
항아리에 수정 같은
시어를 가득 담고 기다립니다.

시가 무엇인지 원하는
사람만 가져가세요.
이슬 같은 시어와
아름다운 인생을 위하여.

# 김원명 시인 영전에

별이 되어 떠난 모란을
샘물처럼 퍼 올리시다가
이제 그 별을 찾아 떠나셨습니다.

사계절 밤낮없이
모란과의 사연을 마르지 않는
은애로 그리워하시더니

은하수 넘어 방황하던
외로움과 그리움의 구들방

이승의 찬바람으로 보낸 시간들을
온기로 채워 놓으셨지요.

웃음 속에 눈물이 고이던 모습이
어제인양 그립게 떠오릅니다.

# 소박한 바람

봄날 같은
부드러운 시를 쓰고 싶다.

누가 읽어도 절로 미소하는
모든 사람이 좋아하는 시

어렵지 않으면서도
마음이 편안해지는 시

머리로 짜내는 시가 아니라
물 흐르듯 흘러가는 그런 시

시인다운 시인의 시를 읽노라면
쉬운 것 같으면서도 철학이 있는 시

유유자적하면서도
깊이 있는 그런 시를 쓰고 싶다.

얼마마한 지혜를 지녀야
사람들 가슴을 뒤흔들 수 있을까.

시대를 뛰어넘는

아름다운 시를 쓸 수 있을까.

# 빈집

오랜만에 시골에 왔다.

풀만 무성한 텃밭에
망초 꽃이 군락을 이루었다.

벌들이 윙윙윙
집안엔 갑자기 생기가 넘친다.

집안은 온종일
꽃바람이 풋풋해도
사람은 그림자도 없다.

뜰엔 풋사과 향기로 차 있어도
벅적거리던 시골집엔
사람의 그림지도 없다.

인걸은 간 곳 없다더니
잡풀만 무성하게 집안을 채웠네.

# 길 잃은 영혼 1

## -치매-

어둠 속에 갇힌
우주의 질서가 파괴되고 있다.
음침한 골짜기에서 헤매다가
시들어 가는 기구한 영혼

터널이 막힌 채 길이 없는 길
텅 빈 길모퉁이
망각의 늪은 깊고 험해서
꿈결처럼 사라지는 얼굴들

떠난 혼을 붙들고
고른 숨을 쉴 때
광야에서 헤매는 이는 누구인가.

왜 길을 잃었는가.
등 뒤에 숨은 너와 나
헤어 나오려는 우리는 누구인가.

# 길 잃은 영혼 2

## -치매-

혼미한 안개 속에서
목 놓아 울부짖다가 지친
가여운 허공의 새

갖가지 색깔로 나타난
허기진 망상을 반공중에 뿌리며

현대의 도심에서
홀로 헤매는 겨울 나비

가루가 되어
흑암으로 떨어진 혼
그의 손을 잡아 이끌어낼
메시아는 없을까.

# 길 잃은 영혼 3

## -치매-


어둠속에 옭아맨 영혼
알 수없는 커다란 고함소리와
낯선 몸짓들

어둠의 저편에 숨어
영혼을 짓밟는 그림자

칠흑 광야에서
바스러진 낙엽이 되어
삶을 도둑맞은 그녀

그리운 얼굴들 사라지고
길 없는 혼돈의 세상을 헤매는
블랙홀 속 가여운 사람.

# 길 잃은 영혼 4

## -치매-


세상이 좁다고
무던히도 날뛰던 친구
하루아침에 인생을 송두리째 잃었다.

녹녹치 않은 재앙에 짓밟힌 혀
커다란 목소리도
면도날 같은 성격도
아름다움을 추구하던 집념도
웃음소리도 바람처럼 사라졌다.
하루아침에 미아가 되어
허우적대는 영혼

누구도 손잡아 줄 수 없는
마지막 인생이 무너져 내린다.

# 제2부
# 개구리 소리

# 가을

창문을 통해 들어온
가을 하늘이 맑게 차 있다.

아가의 맑은 눈망울
눈부신 상념으로
달려오는
한 계절 풍요가 눈부시다.

세월의 길목에서
목마르게 기다리다가
낙엽의 이름으로
성숙의 엽신을 띄운다.

# 괘종시계

할머님이 각인된
괘종시계가
침묵을 지키고 있다.

손수 짠 베를 팔아서
괘종시계를 사셨다는
멋쟁이 할머니 영영 떠나시고
괘종시계는 뼈대만 남았지만
그리움이 살아서 추억을 감는다.

시골 방안의 고요를 흔들며
어제인양 추억을 나른다.

# 개구리 소리

무논에서 들려오는 개구리 소리가
지창에 와 부딪치곤 한다.

와글거리며 개골개골
주변에서는 박자도 맞지 않고
시끄러운 소음이라고

문명의 소리가 움직씨 하면
자연의 소리는 멈춤 하겠고
개구리 소리는 참선이 아닐까

개골개골
자연과 선문답하듯
나도 모르게 평온해진다.

# 까치와 홍시

새벽녘 미루나무 가지에서
창문을 뚫고 들려오는
오소소한 까치 소리

무슨 반가운 소식을
전하려고 이리 아침을 깨우나

옛집
감나무 가지에서
홍시가 익어 가면
동네가 떠나가라 우짖으며
홍시를 쪼던 까치 떼

재개발로 감나무는 사라지고
오늘 그 까치들은 어디에 있을까.

까작까작 까악 깍
아련한 기억의 까치소리
애틋한 울림에 그리움이 잠긴
목울대가 울컥해진다.

# 나이테

## - 꽃보다 고운 어머니 -


'꽃보다 고운 어머니,
카네이션에 나비가 그려진 플래카드에
팔순을 축하하는
감동의 물결 출렁인다.

'팔순'이란 낯선 문구
현실을 가늠할 수 없는 세월 앞에 와있다.

팔순을 축하합니다.
장미꽃에 곱게 싸안긴 리본이 낯설다.

아들 며느리 손주들 축하에
주어진 세월
팔순이란 주름에 눌린 할머니임을
죽음까지도 받아들여야 할 나이를 실감한다.

철이 들지 않은 미숙한 팔순
외로움도 감사로 싸안아야 할
하얗게 늙어가는 어설픈 나이테.

# 벌초

제초기(除草機) 지나는 산모롱이마다
머리 손질된 묘역

시부모님 산소 앞 수문장
눈이 큰 거북이는
우리 가족 내력 등에 지고도
하루같이 흐트러짐이 없다.

벌초하겠다고 모인 자손들
오랜만에 만나 회포 푸느라
술잔 거나하게 오가기도 한다.

# 나는 조연배우

또렷하게 떠오르지 않아도
과거 현재 미래를 오가며
밤마다 이 모양 저 모양으로
여러 삶을 가꾸는 꿈

잠든 내 영혼을 찾아와
때로는 단아한 목련꽃같이
때로는 가시달린 엉겅퀴같이
생생하게 나를 옭아매기도 하고
달콤한 환상에 젖게도 한다.

어떤 때는 화려한 신데렐라이다가
때론 무서운 마귀에 쫓기다가
가파른 길을 오르기도 하는 나는
이름 없는 조연배우

영혼이 낯선 불가사의에 잡혀
원하지 않는 배역, 줄거리 없는
연기로 뒤척이다가
아침에 눈을 뜨면 나는
배우에서 일상으로 돌아와 있다.

# 내 강아지야

고향 대정리 앞동산 너머 들녘
할머니 열정이 담긴 넓고 큰 논빼미
혼자서 피뽑기를 고집하신다.

한낮 들녘
금파백리 바라보며
고개 숙인 양쪽 벼들 사열
이뿐이 손녀 새참 이어 나른다.

아이구 내 강아지 강아지야
흙 묻은 발로 뛰어오시는
별이 되어 떠나신 할머니
내 마음에 언제나 살아 계신다.

# 명태 회초리

족두리 사모관대 쓴 예식 날 저녁
서슬 퍼런 마을 청년들이 몰려와
신랑 신부 한 몸 되었음을 짓궂게 알리네.

달이 서산을 넘을 때까지
먹고 마시며
신랑신부 하나로 묶어
안아줘라 뽀뽀해라
말을 안 들으면 발바닥에 불이 나는 명태 회초리

엄살떠는 새신랑
어쩔 줄 몰라 절절매는 신음소리에
장모님 부리나케 들락거린 다과상

마당 차양 속엔
밤새 꽃등불이 켜지고
소쩍새마을 떠들썩한 흥겨움에
새신랑에 좋은 꿀팁 주는 명태회초리
잔월도 나뭇가지 사이로 신방을 기웃거리네.

# 벚꽃 잎들

흩날려 버려진 꽃잎들이
이리 저리 구르면서
찌그러지고 뭉그러진 채
하얗게 녹아내리고 있다.

아름답게 수놓은 산야일 때
구름도 환호한 탐스런 꽃잎들

시간의 무게를 이겨내지 못해
실바람에도 나비처럼 흩날려
섧게 떠난 길목 언저리 마다
서러운 이야기가 눈처럼 쌓인다.

비가 오면 비에 젖고
바람이 불면 부는 대로 떠돌다가
별이 되는 소망 안고 하늘로
날아가는 꽃잎들

# 거미의 제전

가느다란 여덟 개의 다리와
두루뭉술한 엉덩이로
엮어낸 비밀의 왕궁
나무 끝에 아슬하게 매달려
지나가는 먹이를 유혹하네.

끈끈이가 묻은 씨줄
움직이는 통로의 날줄로
만들어 낸 견고한 미로의 사슬

불꽃에 날아드는 부나비처럼
음험한 죽음의 제전에 바쳐지는 먹이

어쩌다가 날아들어
그물에 걸려 몸부림치다가
거미의 제전 속으로 사라져 가는가.

# 교차로

그이는 내 발의 견인차
길을 떠돌던 칠백육십일
늦가을의 거센 울돌목
시간은 거친 돌 자갈밭이었어.

글 한 줄 제대로 읽을 수 없는
절절한 이 난국을 타개하려고
뿌연 안개 날리며
목숨을 걸었던 별들의 노래

도서실 마당 연두 빛 잎새들이
햇살에 부서진다.

시름에 젖은 시 한 줄에
건강한 삶을 녹이며
혼돈이 오가는 교차로에서
파란 신호등을 기다린다.

# 매미

울음이 잦아드는 여름소리
가을이 귀뚜라미 날개로
다가와 매미의 목매인 나날이
나무마다 아프게 젖는다.

입춘이 오면
날개가 노래를 잃어
가을바람에 꿈도 소망도
점점 소멸되는 슬픈 뒷모습

# 도라지꽃

다정한 모자 사이
홍천강 물새 되어 울음 우네.

강 언덕에
그림 같은 집 남겨두고
나비 되어 떠난 친구

비우고 채워도
자식 사랑 메꾸지 못해
썰물로 빠져나간 강촌역

생채기로 남은
한 맺힌 슬픔에
도라지꽃이 되었네.

# 꿈 이야기

소박한 꿈이

나래 펴던 시절

뒷동산 소나무 그늘 아래

책을 읽노라면

어디선가 다가와

나를 백마에 태우고

오솔길을 달리는 사나이

무심히 눈을 뜨고 돌아보니

꿈도 백마도 사라져 버렸네.

# 미지의 나라

떠나면 돌아오는 이 없는
미지의 나라
어둠의 저편이라 아득한 곳

인생은 나그네라고
사람들은 말한다.

욕심도 부질없는 바람이라고
마지막엔 홀로 떠나는
그 음택은 미지의 나라라고.

# 불가사의

바다는 신비로운 느낌표
신기루 닮은 세상
첫 설레임으로
꿈의 뿌리를 내린다.

평야의 들녘만 보며 살아 온
우물 안 개구리는
숲과 한량없는 바다에
넋을 잃어 세월이 가도
늘 꿈꾸는 신데렐라

꿈을 파는 바다
거품을 뿜어내며
밀어 올리고 사라지는 파도
질서의 불가사의

꿈꾸던 시절의
수수께끼 같이 신묘한 수평선
이 나이가 되어도
그리움이 시들지 않은
내일을 꿈꾸게 하는 푸른 잠이다.

# 제3부
# 그리운 별 하나

# 첫사랑

풀잎에 맺혔던 아침 이슬 같은 것
풋사과 향보다 더 시큰하고
가슴에서 이는 달콤한 바람 같은 것
마음이 아사해지는 그리움 같은 것이리.

미세한 바람에도 야릇한 슬픔
넘어가는 석양의 긴 그림자와
가을날 오소소한 석양의 햇살같이
비오는 날의 비 냄새 같이
우중충한 하늘의 운무 같은 것이리.

이유 없이 울고 싶은 짜릿한 마음같이
첫사랑이 안겨주는 사탕수수 같은 선율이
마음속에 차오르는
퍼내어도 퍼내어도 마르지 않는
생수 같은 것 눈물 같은 것이리.

# 시가 열애 중

계절의 향기를 안고
자연과 하나 된 언어들이
풀씨 되어 하늘을 난다.

구름다리에는
시화전이 열리고
사람들이 감상하며 담소한다.

뭉게구름이 바람과 어울리고
융단처럼 펼쳐진 잔디밭엔
노을에 취한 비둘기 떼

석양에 뿌려진 시들이
열애에 들어 있고,
그 속에 스며드는 우리도
시심에 젖어 사랑에 빠진다.

# 그리운 별 하나

주거니 받거니 흥타령에
시간가는 줄도 잊었던
무엇이 그리 즐거웠을까.

사위는 어둠에 싸이고
관객이었던 들녘은
별빛으로 총총하고
십리 길을 손잡고 달리던
그리움이 서린 그 하굣길.

지금은 할머니가 된
반세기전 단발머리 소녀가 그립다.

알싸한 추억 하나 남기고
천상으로 홀연히 떠나
그리운 별이 된 그 사람
지금도 멈추지 않은
시베리아 바람 서늘하다.

# 잡초

화분에서 숨을 고르며
메말라 부슬거린 흙을 헤치고
봄기운을 맡은 새순이
뽕긋이 고개를 내밀고 있다.

새벽안개가
힘겨운 새싹을 껴안는다.

때로는 보도블록 사이에서
깨진 시멘트 사이에서도
생명을 건져 뿌리를 추스르는 목숨

당당한 근성으로
짓밟혀도 기죽지 않은 잡초는
보호받는 화초밭의 영역을
아랑곳없이 수시로 넘나든다.

밀쳐내는 구박에도 다시 일어나
십 리 이십 리 씨알을 퍼트리고
영구히 보존하는 모성이 경이롭다.

# 쑥국

냄비에서 쑥국이
끓어 넘치네.
쑥 향이 온 집안에 떠도네.
쌉싸름한 쑥국을
음미하면서 그릇에 퍼 나르네.

해가 오르면
스러지던 생명도 살아나
봄에서 가을까지 내강을 키우네.

쑥국을 자주 끓여 주시던
어머니 정말 맛나다.
이것은 약이니라
오랜 세월이 흘러도
잊을 수 없는
어머니 훈김이 그립네.

# 시래기

어머니가 보내주신
연한 속잎 시래기는 사랑의 증표였다.

정성스레 말린 시래기
삶아 놓으니
하나하나 부드러운 무청에
어머니 숨결이 전해온다.

아련한 그리움이
속잎마다 배어있다.

옛날 젊은 시절엔
지천으로 널렸으나
지금은 세월 따라
귀한 식품으로 변신해
대접받는 어머니표 상품
나물로 상등급 뛰어올랐다.

싱싱한 생선에 시래기를 얹고
갖은 양념을 넣어
지지고 볶으면 향토의 훈김
시래기 맛도 영양도 일품이었다.

일상에서도
어머니 사랑은 변함없는
가슴속 숨 쉬는 그리움이다.

# 치과병원에서

근간이 흔들린 줄도 모르고
아픔에 시달리다가
병원 문을 들어서고야 알았다.

혀끝의 탐욕에
녹슨 철골이 내려앉아
의자에 누워서
금속성 마찰음을 듣는다.

스케일링으로
아우성을 처방한다.
단맛에 길이 들었던
치아들 반란 잠재우고

버릴까 취할까
고민할 새도 없이
긁고 파내고 골격을 세우고
이의 고충을 달래고 있다.

# 아홉 식구

가족은 텃밭이다.

다정하게 모인 아홉 식구
평화로운 시간을 즐기고 있다.

남편과 아이들 세 손주가
팔순 축하하는 자리
조금은 생소하지만
오순도순 사랑의 웃음꽃을
피워 올리는 가족사진

석양 노을은 아름다운 거라고
액자 속에서
밝게 웃는 아홉 식구.

# 풀숲 연주회

몸과 마음이 저무는
반세기 시공을 따라

젊음 너머로
파도처럼 부서지는 세월.

하늘의 음성 알게 모르게
물방울처럼 날아드는 영혼으로

시간의 오솔길에서 풀꽃들과
풀벌레들 발길 멈추게 하는 소리

귀를 기울이다가 그들의
음악에 취해 풀숲과 동거한다.

# 포클레인

가난으로 엮인
주소 없는 마을이
개발이란 명목으로
포클레인에 날아갔다.

그들에겐
밥그릇 숟가락에
목숨 줄이 달린
처절하고 소중한 터전

길 건너에서
마른가지 날라
집 짓는 까치 부부
무허가 집도 까치집도
함께 주저앉았다.

무수한 삶의 터전이 내려앉은
을씨년스런 잔해 덤이
포클레인에 재가 된
가난한 한숨과 함께
민들레 홀씨처럼 날아갔다.

# 안마의자

하루아침에 정경부인이 되었다.

가만히 있어도
알아서 톡톡
시원하게 두들겨주고
주물러 주는 즐거움

여가도 사라져 가는지
편리한 도구의 위무도 잠시
잠들기 힘든 늦가을 깊은 밤

시간은 나의 세월을 야금거린다.
시간은 나의 세월을
어디다 부려 놓았을까.

# 수국

수국꽃나무 꺾어 시골 집 담 밑에
푹 꽂아 놓고 오 년
누구 하나 돌봐주는 이 없어도
튼실하게 뿌리 내려 잘 자랐다.

높은 담장 너머로 가지를 주렁주렁 뻗어
탐스러운 꽃을 올망졸망 피워내
빈집과 골목 꽃 등불 밝혀 놓았다.
햇살과 바람과 비를 품어 안고
낮에는 바람을 밤에는 별을 불러 모아
시골 빈 집 파수꾼이 되어

찬바람만 썰렁한 마당에
부모 형제 그리운 목소리
감나무 대추나무 매화나무가 있는
다시 찾아와 줄 기다리는 시골집 수국.

# 낙엽수의

청춘을 펼치던 나뭇잎
연둣빛으로 산천을 물들인가 했더니
어느새 봉화불로 변해
붉게 타 오르네.

자연의 섭리에
낙화가 되어
마지막 길 꽃단장 하네.

계절 앞에 조용히
모든 걸 내려놓고
순리를 따르는 침묵

낙엽의 뒷모습이
마지막 수의처럼 흔들리네.

# 꿈의 숲

사십여 년 끈끈한 정이
배어있는 옛 터전이
청결한 은색으로 옷 갈아입고

북서울 꿈의 숲
독수리 날개로 거듭나고 있네.

어둠을 뚫고 들려오는
천상의 산새소리
숲에서 밤새 스며드는 쾌청한 공기

먼지 낀 감성을 씻어내는
시인은 동화 같은 시를 꿈꾸네.

# 내 영혼의 햇살

## -자식들-


자식과 부모의 연은
천륜이어서인지 못 해준 것만 생각나
언제나 가슴이 저리다.

컴퓨터를 만지면서
이것이 안 되고, 저것도 안 된다고
난처하게 말하면,
자식들은 군소리 없이
달려와 해결해 주곤 한다.

든든하고 고마운 자식들
사랑과 생명의 꽃봉오리들에
제대로 해주지 못해 미안하기만 하다.

# 하얀 운동화

시골 초등학교 시절
아버지가 생일날 사다주신
예쁜 운동화 한 켤레
아이들 놀림에 신지 못하고
학교 갈 때는
장롱위에 올려놓고 바라만 보다가
소풍 가던 날에는
짓궂은 아이들이 놀리거나 말거나
엄마가 신겨 주신대로 신고 나갔다.

운동화가 선명하게 찍힌
사진 속 멋스러운 그날의 소녀
부끄러워 신지 못했던
하얀 운동화
소녀가 할머니가 된 오늘
언제 이렇게 세월이 갔냐고
사진을 보며 허탈하게 웃는다.

# 길고양이

베란다에서 햇살을 즐기던
길고양이가 사라졌다가
반년 만에 얼굴을 내밀었다.

얼마나 기다렸는데
이제야 와주었구나.

밥을 주어도 먹지 않고
한나절 그림자처럼 앉아 있다.
또다시 사라졌다.

나간 가족 기다리듯
기다렸지만
끝내 나타나지 않았다.

# 골프공의 눈물

찰나에 그물 밖으로 벗어난
골프공이 떨고 있다.

두들겨 맞아 만신창이가 되어도
목표지점 제비처럼 날아

적중하고 돌아오면
환호하던 얼굴 얼굴들

어쩌다 그물 밖으로 벗어나
이슬 젖은 처량한 신세인가.

구만리장천을 번개처럼 날던
그 시절 그리워 우는 골프공.

# 제4부
# 빛바랜 사진

# 사라진 고향

오랜만에 들른 고향
찬바람이 돈다.

옹기종기 초가집들
생수 솟던 우물과
아름드리 소나무들
방천길 모두 사라지고
산천초목과 해와 달
별들만이 고향 동무다.

초가집은 양옥이 되고
안뜸 우뜸 부르던 골목과
풋사랑 머슴아
달밤에 속삭이던 라일락 그늘도
할아버지의 기침 소리도
시조 가락이 끊이지 않던 사랑방도
전설이 되어 동화만 남았다.

# 빛바랜 사진

지금도
세월을 감안하지 않은 채
사진 찍기를 좋아하여
푼수 없이 얼굴을 내민다.

마음에 들지 않은 사진은
거들떠보지도 않았는데
세월은 주름진 얼굴을
평생의 일상으로 새겨 놓았다.

빛바랜 사진을
지갑 속에서 꺼내며
젊음만으로도
눈부시던 꽃 시절이었다고
혼자서 쓸쓸히 웃음 짓는다.

# 만가

## -열녀비-


골이 깊은 울안에
홀로된 나이 어린 청상

세상 떠난 후에야
창살 없는 감옥 벗어나
자유 몸이 되었네.

깃털 같은 영혼으로
마지막 영결종천
꽃등 타고 떠나신 여행

만가에 눈물 뿌리며
꽃상여가 어렵게 숲길을 가네.

한 서린 세월
훌훌 털고
떠나가신 뒤
할머니 열녀비가 비에 젖네.

# 별리別離

별이 되어 떠나간 친구여
헤어짐이 없을 줄 알았는데
이렇게 허무하게 헤어져야 하다니

아픔과 슬픔은 인생의 가시인가
즐거웠던 시간들이 물거품처럼 사라졌네.

추억은 노을로 저물고
나도 저물어가네.

# 불면

되새김질하는 생각들로
가득한 뇌세포가 길을 잃는다.

밤이면 수면으로
안내해야 할 요정은 왜
지치게 하는가.

어둠이 깊어지면
허공에 흩어져 조각난 상념
비틀거리며 뇌를 빠져나간
잠을 찾는다.

# 아내의 바다

파도 같은 아내가 출렁거릴 때도
바다 같은 남편은 고요하기만 했다.

공기의 맛을 모르듯이
공기에 값을 매길 수 없듯이
남편은 그저 덤덤하기만 한데,
파도가 바다 없이는 살지 못한다.

파도가 방파제에서 부서지며
아우성을 치고 울어도
바다의 품은 너무도 너그러워
파도가 바다 품에서 되살아난다.

파도는 가슴이 아려도
약속을 어기면서 화를 내어도
바다는 언제나, 언제까지나
인생은 기다리며 사는 거라고
언제나 파도를 감싸고돌았다.

# 부모님 전

고향 대정리 산모롱이
제초기 소리 산자락 울리면
무성했던 풀 잘려나간 단아한 음택들
황금 들녘엔 가을이 익어가고

아버지 손잡고 걸었던 논두렁길
외식을 즐겨 하셨지만
젊은 날엔 살기 어렵다는 핑계가
가시가 되어 가슴 저밉니다.

책을 많이 읽어야 하느니
아버지 가슴엔 소설 수필 시집 한 아름
딸이 꿈꾸던 시인의 길 응원하던
자랑스러운 딸이 되지 못하고
시간이 흐릅니다.

# 봄날의 새싹

눈 녹은
땅에서 몽실몽실
피어오르는 하얀 실 줄기
봄날을 아질아질 누리네.

만지면 묻어날 것 같은데
가까이 가보면 형체도 없는
봄날이 싱숭생숭 태동하네.

겨우내 꽁꽁 언 땅에서도
씨눈은 동그랗게 눈을 뜨고
세상을 향해 봄을 퍼 올리네.

겨울 입김처럼 여기저기
형형색색 너울 날리며
하늘을 향하여 날아오르네.

# 삶

시화전을 관람한 노인이
자기 백발을 무상이라 말한다.

생사가 오가는 바이러스
재앙에도
미소가 함박꽃처럼 밝다.

오늘 하루를
평생으로 살아야 한다고

머리 하얀 늦가을의 길목은 외로워도
동백꽃 같은 열정으로 살아야 한다고.

# 삼대三代

남편이 뿌리 내린 아홉 식구
두 아들과 두 며느리 세 손주
줄기 따라 매달린
열매들로 집안이 시끌벅적하다.

지지고 볶고 달달한 음식 냄새와
식구들의 훈김이 모처럼
명절을 맞이하여
집안을 가득 채우고 있다.

늦게 태어난 다섯 살 손녀의
재롱에 식구들 웃음꽃이 활짝
제일의 달달한 청량감 아닐까

어느 결에 이어진 삼대
우리 부부 나이테가
노을 속에 뚜렷해지고
저무는 일상도 평온해지리.

# 난초의 묘기

산비탈 벼랑에
터 잡은 난이 하늘대고 있다.

자연과 타전하는 잎새들
무한한 우주와 교감한다.

다섯 개의 작은 꽃잎이
아스라한 협곡을 휘어잡는다.

먼 곳을 향해 뭔가를 그리워하는 듯
향기가 묻어나는
친구의 우정이 와 닿는다.

시간이 흐를수록 때 묻지 않은
그리움이 정겹게 밀려온다.

# 봄기운에

파릇한 봄기운에 젖어
풀잎들 손짓하는 오솔 길
봄나들이 산책한다.

두루미가 무섭지 않는
물고기 떼는 봄을 즐기고
새싹들은 햇살이 고맙다.

겨울을 벗어나
싱그러운 봄 공기를
마실 수 있음에 행복하다.

대지는 봄기운에 활기 넘치고
새들은 하늘을 난다.

# 봉평 마을

## -문학기행-


메밀꽃 대신
지면을 메운 감자꽃
한 작가의 작품이
고향을 문학의 고을로 만들어 놓았다.

맑은 공기로 가득한 산과
감자와 옥수수 미각이 가득한 땅들

메밀꽃은
작가의 혼으로 살아났다.

# 마니산 해맞이

마니산 봉우리에 첫해가
꿈결처럼 솟아오른다.
가슴으로 들어오는 해를
두 손 모아 안는다.

어떤 사람은 울고
어떤 사람은 만세 부르고
어떤 사람은 환호가 넘친다.

이마엔 땀방울이 솟고
액운이 물러가는 해라고
천태만상 소망의 꿈을
가슴마다 새해를 심는다.

# 석류

메마른 가지를 뚫고
돋아난 새싹 여름날의 햇살이
옹알옹알 자라난다네.

꽃피고 열매 맺기까지
자양분 만들어 보살피네.

주먹으로 내지르는
함성에도 꼼작 않더니
세월의 보살핌에 열리는 성문

와글와글 쏟아져 나온
홍보석은 빛의 화신
사르르 감칠맛으로
나의 혀를 사로잡는다.

# 가을이 가네

겨울바람은 나무들 흔들며
가을 하늘을 끌어 내린다.

찬 공기 속에서
기승을 부리며 제자리 찾는 겨울

어느새 가을은 땅에서 뒹굴고
밟히는 계절이 돌아눕는다.

순리 앞에 세월도 장사도 없고
뒹굴며 살아야 하는 순종의 삶.

# 눈 오는 창밖

겨울 달빛처럼
눈꽃들이 창문에
하얗게 매달려 있다.

소녀처럼 들떠
여보, 눈이 와요!
나이답지 않게
호들갑을 떤다.

눈을 맞으며 걷는
평온한 창밖 사람들
호들갑을 떨고 싶은
젊은 시절의 꽃도
세월이 실려
황혼에 찾아온 손님

눈길에 넘어질까
젊은 날의 여백
해거름의 날숨이다.

# 눈 내리는 날

싸락눈이
축복처럼 내린다.
새색시의 발걸음처럼
뜰에 쌓이는 설화

온종일
하늘은 흐리고
땅엔 하얀 그리움이 쌓인다.

하류로 흘러가는
시간을 모을 수 있다면
나는 다시 뭔가가 되고 싶다.

눈 속에서도
방긋 웃는 매화처럼…

# 제5부
# 하늘의 선물

# 솔숲에서

커피향 은은한 솔숲에서
담소가 끝이 없다.

돌 사이를 흐르는
청량한 물소리
시우(詩友)들의 가슴에
시심이 솟아오른다.

녹음 사이로 빛을 뿌리는 햇살
살랑대는 잎새에 신의 언어가
가슴에서 가슴으로 흐른다.

원시의 골짜기마다
신의 은총이 흐르고
구름과 바람도 어우러져
자연의 페스티발은 끝이 없다.

# 우체국 가는 길에

길에 가랑잎이 쌓인다.
가을 서정을 거리에 몰고 온
그리움이 묻어있는 우체통

바람 따라 비비새 울고
길가 낙엽 한 움큼
수신도 없는 하늘에 흩뿌린다.

낙엽 밟는 소리 사각사각
시어로 찾아온
우체국 가는 길
낙엽 속엔 외로움이 산다.

# 자연인

수수 강낭콩 대추 알밤들
겨울이면 하얀 설화
녹색으로 물감을 칠하고 있는 봄
봄여름 가을 겨울
자연인과 고라니 사슴들이 활개 펴는 물소리

풍광이 가을에 접어들어
낙엽이 산천을 태워도
가을이 쓸쓸히 그림자를 지워도
자연인은 즐거이 시를 읊는다.

그 삶 속에
친한 이웃으로 찾아온 사계들과
함께 자연을 노래한다.

가을비에 찢기고 바람에 날려도
인생을 다짐하는 내일이 있고
미래를 가꾸는 순수한 자연인
소생하는 새싹이 산천에 솟는다.

# 작은아버지

시신조차 없어
뼈 없는 당신의 묘지 위로
흰 눈이 사그락 사그락 내립니다.

전사통지서로 돌아온
당신의 귀환을
온몸으로 맞이했습니다.

눈물도 그리움도
삭이지 못한 세월
꽃 한 송이 당신께 올립니다.

산등성이
하얀 구름 같은 혼령이라도
만날 길도 찾을 길도 없는
구릉을 떠돌지 마시고
편히 영면하소서.

# 남새밭 1

시골 집 동트는 새벽
아침이슬 조롱조롱한
토담 밑 조그마한 채마밭

밤새 내려주신
청량한 초롱같은 물방울로
예쁘게 꽃단장하는
수줍은 초록상추 아가씨

꽃가마에서
살포시 웃음 짓는
연지곤지 찍고 시집가는
우리 언니 고운 모습이네.

잎새에 그렁그렁
매달린 이슬방울은
예쁜 우리 막내고모
매운 시집살이 눈물이라네.

# 큐피트 화살

## -뮤지션의 세계-

휘몰아치는 폭풍우에도
굴하지 않은 청춘들 인고의 세월
가시밭길 뛰어넘어야 고지에 이르는
음악의 세계는 피눈물이었어.

인성이 아름다운 청년으로
아픔을 치유하는 겸손한
감성의 카나리아로 거듭나

긴 세월에 앙금으로 남은 가슴
큐피트 화살로 빙벽을 녹이고
설레게 하는 사랑의 세레나데였어.

# 하늘의 선물

등에 내리 꽂히는 가을 햇살이
타오르는 불꽃만큼이나 뜨겁다.

곡물이 여물어 가는
하늘이 지상에 보내주는 사랑의 메시지

예쁘게 물든 나뭇잎과
신선하게 다가오는 쾌청한 날씨

여름 햇볕은 독기가 없고
가을 햇살엔 사색하는 개성이 있지

지상의 온갖 만물들 마지막 삶을
눈부시게 치장하며 떠나고
다양한 색채엔
새 생명의 파도가 술렁인다.

태초로 돌아가는 사물들
'보기에 좋았더라.'는 말씀
사계의 여정에
잠시 머물다 가는 간이역에서도
되돌아보는 삶을 영글게 한다.

# 트롯의 묘미

때마침 불어오는
TV 열풍에 마음이 흔들렸다.

노래면 다 같은 줄 알았는데
여러 종류의 음악들
애절하고 달콤한 감성
감미로운 사랑노래가 손짓한다.

내가 좋아하는 음악의
달콤한 향기가 흘러나올 때
반짝이는 햇살에 자갈 자갈
부서지는 해조음
한줄기 달빛으로 흐르는
사랑의 손짓이었음을 어찌 알랴.

# 판도라 상자

힘이 들 때마다
판도라 상자에
노래를 담아
희망을 찾아 나선다.

참신한 시어를
판도라
꿈의 상자에 넣어
어두운 상자는
사라지고
사랑 빛이 가득
사방으로 넘치리.

# 설이 돌아오면

설이 돌아오면
어머니의 하루해는
눈코 뜰 새 없이 바쁘셨지.

할아버지 할머니 한복을
칠남매의 설빔이 끝나고 나면
제상에 올리기 위해 엿을 고으고
손 많이 가는 강정을 준비하고
식혜를 만들고
문어를 화조(花鳥)처럼 오리고
떡을 절구통에 철석철석
절구로 쳐 인절미를 만들면
마을 사람들 하나둘 모여들어
이러쿵저러쿵 덕담을 나누었지.
빨갛게 물들인 명주치마에
노란 명주저고리 받쳐 입고
조부모님께 세배한 후
어머니 손잡고 컴컴한 새벽
등불을 들고

이집 저집 골목을 누비던
그 시절 칠, 팔 세 나이
이 골목 저 골목에서 웅성웅성
만나는 발길들
지금은 다 떠나시고
내가 할머니 나이가 되어
세뱃돈을 준비하고 기다리고 있네.

# 마음속 인사

## -아버지를 그리며-

조부모님 간절한 염원에
종갓집 장손으로 태어나신 아버지
초등학교 교장 선생으로 퇴임하기까지
인생길 굽이굽이

어머니 떠나보내고
날마다 그리워하시면서
힘들어했던 시간들
자식들 넉넉지 못한 생활은
노후의 마음고생 심하셨지요.

퇴근하시면 술을 드시고
자식들 한 줄로 세워놓고 노래시키던
그때가 좋았노라 회상하셨지요.

고향 땅 양지바른 선산에
나란히 누워계신 정다운 모습
유난히 사이가 좋으셨던 두 분
이제는 못다 한 회포 푸시라고
마음을 모아 드립니다.

# 할미꽃

붉은 꽃잎 아련히 펼치고
사랑을 토해내는 무덤가 할미꽃

할머니를 못 잊던 어느 도령이
이루지 못한 정한을 태우다가

할머니 무덤가에 고개 숙인
붉은 꽃으로 찾아 왔는가.

별빛은 아스라이 흐르고
한밤의 애련이 가슴 적시는데

붉은 심장이 씨실 날실로 엮여
뻐꾹새 울음에 달빛 젖는다.

# 꿈 많은 초록별

아기는 감각으로 아는가 보다.
처음 와서 엄마 품이 아니라고
밤새워 섧게 울었는데 어느새
일등병 계급장 달고 휴가 나왔다.

밤 열두 시가 넘도록 잠이 없어
놀아 달라 애교를 부리고
불 끄고 잠자리에 뉘이면
어둠 속에서 장난감 안고
뒤적뒤적 노는 안쓰러운 아기가

어느새 휴가를 나오고
할머니 생각해
화장품을 사 들고 올 줄 아는
사려 깊은 군인 아저씨가 되었다.

제대 후 남은 학기가
인생을 좌우하는 홀로서기
초록별의 장래 정착점은 무엇일까.

# 두엄자리

음식 찌꺼기를 쌓아놓은
사랑 마당 외진 두엄자리
몽실몽실 하얀 실타래
꼴과 함께 봄을 알린다.

할머니가 아끼시는 두엄자리는
생명이 태동하는 곳
삽으로 푹 찔러 뒤적이면
하얗게 꿈틀대는 이름 모를 새순들

썩어야 생명이 살아난다는 진리
겨울 지나면
뭉게뭉게 봄 햇살 속으로
생명의 한 끝을 밀어 올린다.

짚으로 엮어 덮어놓은
두엄자리에선 비바람을 이겨낸
봄날의 풍요가 기다리고
유기농을 외치는 이 시대에
자랑스러운 퇴비로 거듭나 산다.

# 함박꽃

몇 년 혼자서 꽃향기 머금고
집을 잘 지킨 함박꽃.

미모 자랑하여도
봐주는 이 없는 적막한 골목
꽃 등불 환하게 밝히네.

낮에는 햇살 밤에는 별을 불러
빈집을 지키는 함박꽃
마당엔 잡초도
과일나무도 건강하네.

이끼 낀 간장 항아리
구석구석 바람으로 닦아
별빛을 채워놓고
적요한 어둠이 내리는 마당에
모깃불 연기 흐르던 시골집
옛날로 돌아간 듯 환하네.

# 고향의 별밤

북두칠성이 유난히 찬란한
별이 많은 나의 고향 하늘은
별자리들이 빛을 내며 노래를 들려주었지
카노푸스의 별자릴 알려주곤 했지

외롭고 힘들 때 위로와 꿈을 보내는 별들
어딘가에 있을 내 별자리를 찾곤 했지.
백마 탄 왕자님이 공주님을 태우고
하늘을 나는 꿈을 꾸기도 하고
달콤한 마법의 환상이 펼쳐지는
귀부인의 품위와 존경받는
노후 멋진 그녀 모습 상상하며
공유할 추억을 나누는
별들이 소곤대는 이야기들
견우직녀 못다 이룬 슬픈 사랑 이야기를
은하수 너머 꿈결에서 들었지

고향 밤하늘의 별이 그렇게 많은 줄을
별에 담긴 첫사랑의 그리움과
짝사랑 가슴앓이 고백도 아렸지

사는 게 외로워서 인생이라지만
자매들 오랜만에 만나
별을 헤아리다가 잠이 들곤 했었지.

※ 카노푸스 : 하늘에서 가장 밝은 별

# 바다 깊이

바다 깊이
꼬리 흔들어 대며
산호 사이를 누비는 명태 떼

찬바람이 넘나드는
엄동설한 산모롱이 덕장에
별은 차갑게 부서져 내리는데

줄줄이 잡혀와 장대에 매달리고
찬바람에 서걱대는 미이라로
모습을 바꾸어가는 몸체들

꼬리에서 아가미까지
입속으로 사라져 간다.

# 별들의 밤바다

노을에 잠기는 허공
뱃고동 소리도 잠잠한
어둠을 뚫고 빛으로 분출하며
수면 위에서 사랑을 주고받는
밤바다는 별들의 놀이터다.

파도에 떠밀려도 바다는
다시 돌아와 별들을 품는데
세월 지나는 외진 길목에서
빛을 잃었을 때 우리를
품어줄 새벽 별을 예감한다.

# 작품 해설

# 불씨의 온고지신溫故知新

▌황송문
(시인 · 선문대 명예교수)

오남희 시인의 시를 읽는 동안에 뇌리에서 떠나지 않는
게 "우리는 너무 멀리 왔다."는 말이었다. 우리는 정말 너
무도 멀리 왔다. 과학이나 편리함을 싫어한 사람은 없기
에 자의 반 타의 반 그리되었다. 과학의 발달은 생활환경
의 변천을 가져왔는데, 그 변천속도가 너무 빨랐다. 먹는
밥을 목에 넘기기도 전에 또 새 밥을 먹어 넘겨야 하는
식의 현상이 벌어졌다.

그래도 돈에 빠진 사람은 돈 버는 재미에 살지만, 아름
다움을 추구하는 시인은 조상 적부터 대대로 전해 내려와
할머니 어머니가 애지중지해오던 항아리를 함부로 깰 수
없다. 돈을 보고 사는 사람이야 망치로 깨뜨려서 중량봉
투에 담아 버리면 그만이지만, 아름다움을 추구하는 시
인, 인정미학을 높이 사는 오남희 시인은 눈 딱 감고 망
치로 깨뜨려 버리지 못하고 간직하고자 하는 청순형의 여
류다.

> 도시의 끝에
> 가난이 물러가면서
> 현대로 탈바꿈하는 시골

산모롱이마다
시원하게 길이 열리고
쓰려져 가던 옛집들이
새로운 모습으로 변하면서
미풍양속도 인정도 변해간다.

담 밑에 옹기종기 모여 있는
어머니의 분신들
손끝에서 윤끼 흐르던 달항아리
그 안에서 된장 간장 고추장이
햇살에 구수한 내음을 풍기며
맛깔스레 익어 갔지.

지금은 빈 항아리마다 그리움에
푸른 달빛만 싸이고
금 가다 깨어져 사금파리 신세로
서러운 눈물 하얗게 배어나고 있다.

- 「도시의 끝」 전문

　이 시에서는 시골이 도시의 끝이 되어가는 현상을 극명하게 보여주고 있다. 직선 고속도로가 뚫리고. 초가와 우물이 있던 자리에 아파트가 들어섰다. 편리한 건 좋은데 미풍양속 인정미학이 사라졌다. 누가 이사 왔고 이사 가는지 모르고 살다가 늙고 죽는 세상이 되었다.

　그래서 오남희 시인은 우리의 미풍양속이 어떻게 변해 갔는지를 보여주고 있다. "담 밑에 옹기종기 모여 있는 어머니의 분신들… 달항아리 그 안에서 된장 간장 고추장이 햇살에 구수한 내음을 풍기며 맛깔스레 익어갔지"하고 인정미학 이미지를 떠올리고 있다.

담 밑에 옹기종기 모여 있는 어머니의 분신들이란 무엇인가. 나이 든 독자는 봉선화와 맨드라미, 채송화, 해바라기 등을 수월하게 떠올릴 수 있을 것이다. "지금은 빈 항아리마다 그리움에 푸른 달빛만 싸인다."는 표현도 향토정서를 되살아나게 한다.

우리가 과거로 돌아가서 원시적으로 살 수는 없다. 그러나 과거의 어머니들처럼 베란다에서 꽃을 애지중지할 수는 있다. 우리가 향나무 샘 곁에 살 수는 없지만, 시인의 시를 읽고 가슴마다 향나무 샘을 지니고 살 수는 있다. 그래서 일본 명치 시대 소설가 나쓰메 소세키(夏目漱石)는 시인의 천직을 말하면서 "예술인들은 세상을 너그럽게 만들고, 사람의 마음을 풍부하게 하므로 귀중하다"고 했다.

할머니의 화로불씨
꺼뜨려서는 안 되느니라
자주 쑤석거리면
불씨가 스러지고 말아
되살리기 어려우니
정성으로 다독여야 하느니라.

스러져 가던 불씨가
할머니 정성으로 되 살아 나면
식구들 화롯가에 모여 앉아
솔깃하게 듣곤 했던 옛이야기

젊은 시절엔
새색시 가슴은
불씨 꺼진 재였느니라.

노총각에 시집와서
어렵게 얻은 자식
가슴에 묻어야 했던 정한이
할머니의 한숨이라서
꺼뜨리지 않는
불씨와 함께 살았느니라.

　　　　　　　　　－「할머니 불씨」전문

　여기에서의 '화로 불씨'는 과거 라이터나 성냥이 귀하던 시절의 토속적 풍속도다. 가정에서는 불을 꺼뜨리면 되살리기 어려웠으므로 불을 생명시하던 때가 있었다. 여기에서는 노총각에 시집와서 자식을 낳았으나 날리고, '불씨'를 자식 키우듯 꺼뜨리지 않고 그 '불씨'와 함께 살았다는 이야기다. 자식을 키우는 거나 불씨를 꺼뜨리지 않는 거나 심정적으로 동일시되고 있다. 이는 시어(詩語)의 입체성과 상사성(相似性)을 두고 하는 말이다.

　또한 "자주 쑤석거리면 / 불씨가 스러지고 말아"라는 구절을 주시할 필요가 있다. 이는 전통성을 간직하지 못하는 현대인에 향하는 은근한 일갈이기 때문이다. 전통을 무시하거나 말살하지 말고 온고지신을 강조하는 암유가 스며있기 때문이다.

봄날 같은
부드러운 시를 쓰고 싶다.

누가 읽어도 절로 미소하는
모든 사람이 좋아하는 시

어렵지 않으면서도
마음이 편안해지는 시

머리를 짜내는 시가 아니라
물 흐르듯 흘러가는 그런 시

시인다운 시인의 시를 읽노라면
쉬운 것 같으면서도 철학이 있는 시

유유자적하면서도
깊이 있는 그런 시를 쓰고 싶다.

얼마마한 지혜를 지녀야
사람들 가슴을 뒤흔들 수 있을까

시대를 뛰어넘는
아름다운 시를 쓸 수 있을까.

                              - 「소박한 바람」 전문

　　시인의 시론인 동시에 문학론이기도 하다. 여기에서는
"부드러운 시", "편안한 시", "깊이 있는 시", "아름다운
시"가 원망공간(願望空間)을 차지하고 있다. 좋은 시란,
워즈워스가 감정의 자연스러운 유로(流路)를 말했고, 에드
가 알란 포우가 "아름다움을 율동적으로 창조한 것"이라

고 했는데, 시 에스프리로 보면, 부드러움과 편안함, 아름다움은 여기에 궤를 같이한다 하겠다.

세월의 징검다리 건너오다가

주름진 얼굴들
피아노 건반처럼 톡톡 튀더니
비에 젖은 장미꽃이 되었네.

사는 동안에
지문 한 올씩 지워져
바람에 등 떠밀린 갈대숲
절제에 성글어 흰머리만 남았네.

하나둘 빠져나가는 세포
주어진 운명의 먼 여행길
잠시 쉬어가는 간이역에서

늙는 게 아니라 익어가는 거라고
어느 시인은 말했지
별을 노래하며 시의 행간을
더듬는 우리는 푸른 시인이라고.

－「푸른 시인」 －

시인을 가리켜 무관(無冠)의 제왕(帝王)이라고 한다. 관이 없는 왕이다. 성서에는 하나님이 인간 조상 아담에게 사물에 이름을 지으라고 했다. 시인은 최초의 언어를 찾아서 표현하는 사람이다. 시인은 최초로 언어를 창조하는 창작자다.

이 시 「푸른 시인」을 보는 순간 이런 생각이 들었다. 이 시는 그만큼 시의 본령(本領)에 접근하고 있다. 여기에서 관심이 가는 시어를 찾아보면 "세월의 징검다리", "주름진 얼굴들", "비에 젖은 장미꽃", "지문 한 올씩 지워져", "바람에 등 떠밀린 갈대숲", "절제에 성글어 흰머리만 남았네", "빠져나가는 세포", "운명의 먼 여행길", "잠시 쉬어가는 간이역" 등이다.

이 시는 모순을 극복하고자 하는 의지가 내비치고 있다. 철학적 사색이 암유(暗喩)되어 있다. 그 암유 하나 음미할 때마다 "욕봤다!" 소리가 나오면서 그 과정이 얼마나 눈물겨웠고, 힘들었겠는지 헤아리기 힘들어진다.

우리들의 인생살이란 '징검다리' 건너기와도 같다. 제발 빠지지는 말아야 하고, 건너면 또 건너야 한다. 그렇게 열심히 살다 보면 주름진 얼굴이 된다. 그 과정이야 톡톡 튀기도 하지만 비에 젖은 장미가 되기도 한다.

성서에는 "마음은 원이로되 육신이 약하다"는 구절도 있다. 열심히 살았는데, 지워지는 지문, 갈대숲 같은 흰머리, 빠져나가는 세포 그리고 "주어진 운명의 먼 여행길"이라는 마침표를 찍으러 가는 과정에서 쉼표처럼 잠시 쉬어 가는 간이역에서 오남희 시인은 늙는 게 아니라 "익어가는 거"라는 긍정적인 풍향으로서 성숙한 흥기(興起)를 도모하고 있다.

여기에서 다행스러운 것은 이 생동하는 소생 에너지는 종교인으로서 신앙에 근원을 드리우고 있다는 점이다. 신앙이 없는 무신론자는 구름을 보고 기뻐하다가 그게 사라지자 슬퍼한다. 그러나 신앙인은 구름이 사라진 후에도 슬퍼하지 않는다. 보이지 않는 무형실체세계를 인지하기 때문이다.

> 오늘따라 반달이 애처롭다.
> 일찍이 세상을 떠난 친구인지
> 슬프게 걸려서
> 애처롭게 내려보고 있다.
>
> 먼 길 가는 데에는
> 아무도 위로가 되지 못한다.
>
> — 「낮달」 전반부

> 별이 되어 떠난 모란을
> 샘물처럼 퍼 올리시다가
> 이제 그 별을 찾아 떠나셨습니다.
> 사계절 밤낮없이
> 모란과의 사연을 마르지 않는
> 은애로 그리워하시더니
>
> 은하수 넘어 방황하던
> 외로움과 그리움의 구들방
>
> — 「김원명 시인 영전에」 중 전반부

이 두 편의 시는 동류다. 앞의 「낮달」은 세상 떠난 친구를 연상하면서 쓴 시이고, 뒤의 「김원명 시인 영전에」는 이승 떠난 시인을 추모하는 시다. 달이건 사람이건 먼 곳에 있는 존재에 향하는 창연함을 드러내는 측은지심의 시

라 하겠다. 위의 시는 '순애보'로 여겨지는 김원명 시인의
예찬이라 하겠다.

철석 거리는 파도가
안개에 묻혀
모래톱을 훑는다.

패각이 부서지도록
실랑이하던
파도가 가고 나면

빈 조가비는 바람의 노래
떠난 이를 그리워한다.

모든 것 다 내어주고
그리움도 실어 보내고

언제까지나 돌아앉아
바닷소리를 그리워하는
빈 조가비여.

─「조가비」전문

와글거리며 개골개골
주변에서는 박자도 맞지 않고
시끄러운 소음이라고

문명의 소리가 움직씨 하면
자연의 소리는 멈춤 하겠고
개구리 소리는 참선이 아닐까

개골개골
자연과 선문답하듯
나도 모르게 평온해진다.
- 「개구리 소리」 일부

앞의 시 「조가비」에서는 우렁이 이야기가 연상된다. 이
건 우렁각시 설화와 상관없는 이야기다. 우렁이 새끼는
어미의 살을 파먹으며 자란다. 결국 새끼들이 성장하여
패각에서 기어 나올 무렵에 껍데기만 남은 어미가 물위에
둥둥 떠내려가는 광경을 보고 새끼들이 어미 속도 모르고
"우리 엄마 가마 타고 시집간다."고 손뼉 치며 좋아하더
라는 이야기가 있다.

'조가비'는 조개의 껍데기를 말한다. 이 시에서 "빈 조
가비는 떠난 이를 그리워한다."고 했다. "모든 것 다 내어
주고 바닷소리를 그리워한다."고 했다. 조개의 고향은 바
다니까 당연한 얘기다.

이 「개구리 소리」는 김규련의 수필을 패러디한 느낌이
든다. 개구리 소리를 선(禪)의 경지로 끌어올린 까닭은 그
것이 자연의 소리요 사람의 마음을 가라앉혀서 편하게 하
기 때문이라고 여겨진다.

파도 같은 아내가 출렁거릴 때도
바다 같은 남편은 고요하기만 했다.

공기의 맛을 모르듯이
공기에 값을 매길 수 없듯이

남편은 그저 덤덤하기만 한데,
파도가 바다 없이는 살지 못한다.

파도가 방파제에서 부서지며
아우성을 치고 울어도
바다의 품은 너무도 너그러워
파도가 바다 품에서 되살아난다.

파도는 가슴이 아려도
약속을 어기면서 화를 내어도
바다는 언제나, 언제까지나
인생은 기다리며 사는 거라고
언제나 파도를 감싸고 돌았다.
                    ─ 「아내의 바다」 전문

　　부창부수(夫唱婦隨)라는 말이 떠오른다. 지아비가 부르
는 노래를 아내가 따라 부른다는 말이다. 남편 주장에 아
내가 따르는 것이 부부 화합의 길이라는 고사성어의 진의
는 생명과 사랑의 일체로서 바다와 파도의 수수관계다.

　　훌륭한 철학자이면서 시인이요 시인이면서 철학자인 가
스똥 바슐라르는 '불의 정신분석'에서 '몽상의 불'을 말했
다. 오남희 시인의 시「할머니 불씨」는 몽상하는 '화로 불
씨'로써 꺼뜨려서는 안 되는 이미지를 내포하고 있다. 그
것은 존재하기 위한 옹호다.

　　가정을 의미하는 화로의 불씨는 존재 근거나 존재 이유
를 내포한다. 할머니의 노변정담(爐邊情談)은 향토정서를
내포하기에 충분한 근원에 뿌리 뻗고 있다. 할머니의 꿈

은 화로 불씨의 되살리기와 옛이야기다. 오남희 시인은 할머니의 화로 불씨의 다독이기와 옛이야기를 통하여 산문적 현실과 시적인 이상을 삶과 꿈꾸기로 균형 있게 조화시킨다.

새가 생활이라는 둥우리에서 알을 품으면서도 비상하듯이, 오남희 시인은 꺼뜨리지 않는 불씨와 함께 시와 동거하며 살았다. 질화로의 불씨에서 연상되는 창조적 상상은 추억의 향토정서를 몽상의 오막살이로 이끈다. 그 세계가 아무리 그리워도 할머니와의 노변정담 시절로 되돌아갈 수는 없다. 그러나 시를 통하여 그 안온하고 아름다운 토속의 세계를 가슴에 심어서 아름다운 삶을 누릴 수는 있다.

그래서 시인을 가리켜 무관의 제왕이라고 한다. 나는 오남희 시인이 이 '질화로 불씨' 같은 시를 많이 써서 무관의 제왕이 되기를 바란다. 그리되면 시의 예술성이 영원성으로 이어지기 때문이다. 초심을 잃지 말고 안심입명(安心立命)하기 바란다.

**▌저자 약력**

한국문인협회 회원
현대시인협회 회원
한국문인협회 지회지부 협력위원
『문학사계(2008)』로 등단.
방송대 동문 최우수상.
강북문인협회 감사.
시집『질경이 고향』,『가을 햇살이』
『내 귀는 휴업 중』 등.

오남희 시집

# 푸른 시인의 불씨

초판 1쇄 인쇄일 ▌ 단기 4356년(서기 2023년) 2월 1일
초판 1쇄 발행일 ▌ 단기 4356년(서기 2023년) 2월 16일

지은이 ▌ 오남희
펴낸이 ▌ 황혜정
인쇄처 ▌ 삼광인쇄
펴낸곳 ▌ 문학사계
　　　　　 등록일 2005년 9월 20일
　　　　　 제318-2007-000001호
　　　　　 서울시 종로구 종로66길 20 계명빌딩 502호
　　　　　 Tel 010-2561-5773

배포처 ▌ 북센(031-955-6706)
ISBN 　 ▌ 978-89-93768-68-8 (03810)